AF302608

Analyse de l'œuvre

Par Maria Puerto Gomez
et Paola Livinal

Du domaine des Murmures

de Carole Martinez

Rendez-vous sur lepetitlitteraire.fr et découvrez :

Plus de 1200 analyses
Claires et synthétiques
Téléchargeables en 30 secondes
À imprimer chez soi

CAROLE MARTINEZ

ROMANCIÈRE FRANÇAISE

- **Née en 1966 à Créhange (Moselle)**
- **Quelques-unes de ses œuvres :**
  - *Le Cœur cousu* (2007), roman
  - *L'Œil du témoin* (2011), roman jeunesse
  - *La Terre qui penche* (2015), roman

Carole Martinez présente un parcours éclectique. Tout d'abord comédienne, puis pigiste, photographe, assistante-réalisatrice et sémiologue, elle devient professeure de français avant de se lancer dans l'écriture. En 2005, s'inspirant des histoires que sa grand-mère lui racontait, elle écrit son premier roman, *Le Cœur cousu*, au succès immédiat. Publié en 2007, il obtient le prix Renaudot des lycéens, le prix Ouest-France Étonnants Voyageurs et le prix Ulysse de la première œuvre. Elle a également écrit des livres pour la jeunesse : *L'Œil du témoin* (initialement publié en 1998 sous le titre *Le Cri du livre*). *Du domaine des Murmures* obtient le prix Goncourt des lycéens en 2011.

DU DOMAINE DES MURMURES

UN CONTE MYSTIQUE ET CHARNEL

- **Genre :** roman
- **Édition de référence :** *Du domaine des Murmures*, Paris, Gallimard, 2011, 208 p.
- **1ʳᵉ édition :** 2011
- **Thématiques :** foi, mariage forcé, amour maternel, croisades, mort, réclusion, légende

Du domaine des Murmures relate l'histoire d'Esclarmonde, une adolescente du XIIᵉ siècle, dans le comté de Bourgogne. Guidée par la foi et désireuse d'échapper à sa condition de femme, elle annonce le jour de son mariage forcé avec Lothaire qu'elle ne veut se consacrer qu'à Dieu. Son père la viole, mais elle n'en dit mot afin d'être, selon ses propres souhaits, emmurée vivante dans une chapelle.

Cependant, à travers ses visions et les récits des nombreux pèlerins de passage, le monde extérieur emplit sa cellule. On lui assigne bien vite un statut de sainte, que vient accroitre la naissance de son fils, dont l'origine doit demeurer un mystère. Le temps passant, la maternité, la connaissance qu'elle acquiert des hommes et du monde, l'amour inconditionnel de Lothaire, ainsi que les croisades auxquelles participent son père et plusieurs de ses frères modifient sa vision de l'existence et de Dieu, et lui font remettre en question sa décision première. De peur qu'elle ne quitte son état de recluse, les villageois provoquent sa mort en mettant le feu à la chapelle.

RÉSUMÉ

L'histoire *Du domaine des Murmures* transporte la narratrice initiale du monde contemporain au XIIe siècle marqué du sceau du religieux et du légendaire. Esclarmonde lui raconte son expérience de la vie vécue entre quatre murs, et la séparation d'avec son enfant. Peut-être ces murmures provenant d'un temps passé pourront-ils rétablir la filiation suggérée à la fin du roman...

POUR L'AMOUR DE DIEU

Esclarmonde est une jeune fille âgée de 15 ans vivant au château des Murmures, qui surplombe une falaise et se trouve au cœur d'une forêt très dense. Lorsque son père souhaite la marier à Lothaire, un jeune homme violent et ambitieux, elle décide de se consacrer au Christ pour ne pas devoir se soumettre à un mari et aux contraintes liées à sa condition de femme. À l'instar de sainte Agnès (martyre romaine qui préféra la mort à la perte de sa virginité dont l'agneau blanc est le symbole, IVe siècle) elle désire être emmurée dans une cellule attenante à la chapelle du château et vivre ainsi, comme beaucoup de femmes à l'époque, en recluse. Seule une fenestrelle la reliera avec l'extérieur.

Lors du mariage, elle révèle son intention de se consacrer à Dieu et montre sa détermination en se coupant une oreille. L'entrée d'un agneau dans l'église est interprétée comme un signe divin, si bien que personne n'ose s'opposer à sa décision. Son père fait donc construire une chapelle, mais nourrit une profonde haine envers sa fille. Lothaire reconnait que ce refus a réveillé en lui une sensibilité qu'il croyait à jamais enfouie, suite à un traumatisme vécu plus jeune. En effet, il a sauvé son frère, Amey, sur le point de se suicider pour une peine de cœur : Berthe, sa bienaimée, s'était mariée avec Amaury, seigneur de Joux.

À l'aube du jour de son enfermement, Esclarmonde souhaite profiter une dernière fois de la nature qu'elle aime tant, mais un homme, qui n'est autre que son père, la viole. Peu de temps après, elle s'aperçoit qu'elle est enceinte. Elle choisit cependant de se taire, rentre dans la cellule qui sera son tombeau et décide de s'en remettre à Dieu.

Jehanne, sa sœur de lait (elles avaient la même nourrice), qui a lâché l'agneau dans l'église lors de son mariage, lui confie ses doutes : désireuse de partir avec son fiancé, elle a pourtant peur de vivre au-delà du domaine des Murmures. Le seigneur veut d'ailleurs contraindre la jeune fille à rester. Esclarmonde pense alors à Lothaire, éperdument amoureux d'elle et qui vient souvent lui réciter des poèmes selon les règles de l'amour courtois. Elle le fait appeler et lui demande d'obtenir la liberté de Jehanne.

Dorénavant, Esclarmonde partage son temps entre la prière, la contemplation et les récits qu'elle raconte à son frère ecclésiastique, Benoît. Peu à peu, la renommée de la jeune femme grandit et nombreux sont les pèlerins qui lui rendent visite. Mais la foi de la jeune femme commence à faiblir le jour où elle remarque une petite fraise des bois qui lui rappelle la douceur de sa mère et son amour pour la forêt.

Neuf mois plus tard, Elzéar, son fils, éveille son instinct maternel et fragilise davantage sa foi en Dieu. Elle est partagée entre le désir de garder son enfant et la culpabilité de lui imposer son tombeau. Elle décide de le confier à son père, mais celui-ci le lui rend peu après avec les mains percées. Pour le protéger, Esclarmonde laisse alors courir la rumeur selon laquelle l'enfant est un ange qui réalise des miracles.

Afin de protéger Esclarmonde et son enfant, mais également parce que cela lui sera profitable, l'archevêque Thierry II ordonne qu'Elzéar soit laissé avec sa mère et organise son baptême. Sans avoir dû se justifier sur la naissance et les stigmates de son fils, Esclarmonde savoure chaque instant passé avec Elzéar, qu'elle laisse passer à travers les barreaux de la cellule pour qu'il profite du monde extérieur.

LE DOMAINE DES FEMMES

Quelque temps plus tard, Douce, la belle-mère d'Esclarmonde, accourt demander de l'aide à cette dernière, car, selon elle, son père tente de se crucifier. Elle l'a retrouvé le matin avec une main clouée au lit, sans savoir que c'est elle qui lui inflige ces traitements lors de ses crises de somnambulisme. Esclarmonde lui conseille d'envoyer son père rejoindre les croisades (expéditions militaires des chrétiens d'Occident pour libérer la Terre sainte de la présence musulmane,

XIe-XIIIe siècle). Douce refuse d'abord car elle sait qu'il y mourra, mais elle finit par accepter. Esclarmonde lui garantit qu'elle restera la maitresse du domaine. Avant de partir, son père lui rend visite pour se faire pardonner.

L'archevêque décide d'accompagner le père d'Esclarmonde à la conquête de Jérusalem. Auparavant, ils prennent les dispositions nécessaires pour assurer le bienêtre d'Esclarmonde, de sa belle-mère et des deux enfants, Elzéar et celui que Douce mettra au monde, tandis qu'ils seront en campagne, Phébus.

Le domaine des Murmures appartient désormais aux femmes : Douce administre le château, Bérengère, sa servante, charme tous les hommes et Esclarmonde continue de soulager les âmes des gens, qui lui prêtent des pouvoirs inouïs. Elle n'ose songer au moment où Elzéar ne passera plus entre les barreaux et devra la quitter. Sa vieille nourrice lui rappelle toutefois qu'il lui faudra bientôt s'en séparer.

Dans son sommeil, Esclarmonde partage les souffrances de son père, en proie aux embuscades des Turcomans. L'archevêque essaie de galvaniser les troupes exténuées qui s'amenuisent à cause des fièvres mortelles. Cependant, l'armée, affamée et affaiblie, succombe au désespoir et à la folie.

Amaury, le seigneur de Joux, est parti seul à l'assaut, sur son cheval Gauvin. Le père d'Esclarmonde ordonne à Benjamin, son dernier fils encore vivant, de rentrer avec Amey, le frère de Lothaire, et il confesse à Thierry II être le père d'Elzéar. Il abandonne alors l'armée et, seul et agonisant, parcourt le désert à moitié fou. Il meurt au moment même où la nourrice se présente devant la fenestrelle d'Esclarmonde : le temps est venu pour Elzéar de quitter la cellule de sa mère pour aller vivre chez sa nourrice.

MORT ET POSTÉRITÉ D'ESCLARMONDE

Après cet échec, Benjamin et Amey sont de retour au domaine. Amey, croyant qu'Amaury a été tué dans la bataille, partage à présent le lit de Berthe. Mais Amaury revient et, fou de rage, tue Amey, puis Benjamin. Amaury veut demander réparation à Douce, mais, ne trouvant que des femmes pour s'opposer à lui, il n'ose attaquer le domaine.

Estimant avoir beaucoup vécu et ne souhaitant pas devenir un fardeau pour sa famille, Esclarmonde n'aspire à présent qu'à la mort. Elle se laisse alors dépérir, ne souhaitant même plus s'occuper des pèlerins. Alors que Bérengère lui suggère de sortir de sa cellule, Esclarmonde pense que cela mettrait tout le monde en péril.

Elzéar revient au domaine des Murmures en même temps qu'un émissaire du défunt Thierry II. Le message qu'il porte à Esclarmonde lui ordonne de faire vœu de silence. Avant de s'y soumettre, Esclarmonde demande à Bérengère de porter une lettre au pape, le seul qui puisse la libérer de ses vœux et de sa prison.

Ivette, la sœur de Jehanne, avertit les villageois des intentions des deux femmes. Résolus à ne pas perdre leur sainte, ils tuent Bérengère et son amant, Martin, un marchand de reliques arrivé au domaine à la suite des pèlerins.

Entretemps, les enfants mettent le feu à la chapelle et, bien que Lothaire arrive à extraire

Esclarmonde de son tombeau, celle-ci meurt, ainsi que Phébus, le fils de Douce.

Douce rebaptise alors Elzéar du nom de Phébus, et l'élève comme son propre fils. Elle fait également reconstruire la chapelle, devant laquelle Elzéar, qui ne garde aucun souvenir d'Esclarmonde, ressent une étrange nostalgie. Aujourd'hui, le château est habité par un homme qui, selon les rumeurs, a les mains percées. Il ne reste d'Esclarmonde qu'une inscription sur l'un des murs.

ÉTUDE DES PERSONNAGES

ESCLARMONDE

Fille du seigneur du domaine des Murmures, Esclarmonde possède un avenir tout tracé, comme celui des femmes de son époque : accepter un mari imposé et assurer la descendance de sa lignée. Mais cette adolescente au « visage d'albâtre et [aux] yeux trop clairs » (p. 19) cache une grande force de caractère, « une flamme [...] insaisissable » (*ibid*.). À 15 ans, elle renonce à son mariage avec Lothaire et s'offre à Dieu « pour tenter d'exister » (p. 17). Elle se fait emmurer à jamais dans une misérable logette où « on ne trouv[e] qu'un vase en fer, une cuvette de faïence, une étroite puisette, une lampe à huile, une solide chaise de bois et la fosse pleine de paille où [elle] dor[t] » (p. 59). Elle sait désormais que « nul ne peut plus [l]'atteindre » (p. 48).

Sa bonté et ses conseils en font rapidement une « prophétesse » (p. 52) et, au fil des années,

Esclarmonde apprend, à travers les récits des pèlerins qui lui rendent visite ainsi qu'à travers la maternité et ses propres souffrances, à connaitre le monde et la nature humaine. En effet, orpheline de mère et élevée par son père loin des autres, elle reconnait n'être qu'une « sotte » (p. 73) qui n'a pas pris conscience de tout ce à quoi elle a renoncé.

Peu à peu, les souvenirs de sa mère, l'amour de Lothaire et surtout l'amour pour son fils font que sa foi est ébranlée. Elle ne trouve bientôt plus de soulagement dans les prières et, quand on éloigne d'elle son enfant, elle se rend compte que « Dieu n'[a] plus la place, tant Elzéar absent [l]'empli[t] » (p. 71). Cette affliction la transforme en un être sombre et aigri, elle qui jusqu'à présent était « restée mesurée en toutes choses [se] contentant [...] de conseiller, de deviner, de rendre espoir, d'utiliser l'incroyable réseau des recluses et les talents d'herboriste de Bérengère » (p. 122).

Insensible, elle devient « plus effrayante qu'une pythie et elle prescri[t] aux pécheurs des mortifications terribles » (p. 167). Ce n'est que lorsque son père révèle son secret à l'archevêque

Thierry II et que celui-ci lui demande de faire vœu de silence qu'Esclarmonde souhaite se libérer de sa promesse envers Dieu. Elle n'est « plus cette jeune fille têtue si pleine de certitudes » (p. 189), elle est devenue avant tout une mère qui cherche à protéger son enfant et à être auprès de lui. Cette prise de conscience tardive est néanmoins fatale : les gens préfèrent la voir morte que la laisser partir.

LOTHAIRE ET LE PÈRE D'ESCLARMONDE

Lothaire et le père d'Esclarmonde sont, au départ, décrits comme de grands guerriers qui se sont forgé une « belle réputation tant aux tournois qu'aux combats » (p. 20). De plus, Lothaire est présenté comme un « enfant capricieux » (p. 21), « gorgé de rage et d'ambition » (p. 23), qui a su gagner l'approbation du père d'Esclarmonde et le droit de perpétuer son « sang viril » (*ibid.*).

Cependant, leur passé les rattrape. Lothaire, témoin de la tentative de suicide de son frère à cause de sa bienaimée obligée de se marier avec un autre, ne veut pas vivre la même douleur et ferme son cœur aux femmes qui l'intéressent uniquement pour les « trousser [...] dès que l'envie lui en [prend] » (p. 21). Le père d'Esclarmonde, pour sa part, se croit puni pour avoir choyé sa fille, pour l'avoir « trop aimée, trop bien gardée, trop regardée » (p. 29). Il en devient amer et sombre, au point de violer Esclarmonde et de percer les mains de son fils.

Les deux personnages connaissent néanmoins la rédemption. L'âme malade du père d'Esclarmonde trouve le repos lorsqu'il part en croisade, sur les conseils de sa fille, laquelle lui accorde son pardon. Lothaire, quant à lui, fasciné par Esclarmonde depuis son refus de mariage, abandonne les armes et la bataille au profit de la musique et de la poésie, et voue à Esclarmonde un amour platonique, reflet de l'amour courtois présent dans la littérature courtoise du Moyen Âge.

L'AMOUR COURTOIS

Le terme « courtois » fait référence à la cour. Après le succès des chansons de geste (poèmes épiques relatant de hauts faits guerriers), la noblesse de la seconde moitié du XIIe siècle aspire à des histoires moins violentes. La littérature courtoise répond alors à leurs attentes. Les mœurs se sont adoucies, une vie de cour s'instaure où « les femmes imposent des habitudes plus raffinées et les beaux usages se codifient » (LAGARDE A. et MICHARD L., *Moyen Âge*, Bordas, Paris, 1970, p. 43).

La courtoisie place la préoccupation amoureuse au centre de toute activité humaine. Les exploits des chevaliers sont dictés par le « service d'amour », soumission absolue du chevalier à sa « dame », souveraine maitresse.

Plusieurs indices dans le roman laissent entendre que l'amour qu'éprouve Lothaire pour Esclarmonde est bien du ressort de l'amour courtois :

- la dame est d'origine noble, comme Esclarmonde, et mariée. Même si ce n'est pas le cas ici, l'union avec Dieu en est l'équivalent ;
- l'amour n'est pas réciproque au début et la dame doit être conquise. Ainsi, Lothaire fait

la cour à Esclarmonde, par poèmes et chants interposés ;
- l'amour est accompagné d'une réelle souffrance. Entre Lothaire et Esclarmonde, il grandit à chaque rencontre, de même que leur souffrance puisque leur relation semble impossible.

DOUCE ET BÉRENGÈRE

Douce est la seconde épouse du seigneur du domaine des Murmures, « une jeune veuve sans enfant » (p. 65) à peine plus âgée qu'Esclarmonde. Elle arrive au château avec « Bérengère, sa gigantesque servante aux éternelles jupes vertes » (*ibid.*) qui a l'habitude de s'allonger « devant la chambre conjugale, en travers de sa porte pour la rassurer » (*ibid.*) car Douce est somnambule.

Douce est une femme raffinée aux « doigts bagués » (p. 78), aux « lèvres fines » (p. 81), aux « traits de craie » et aux « yeux noirs » (p. 98). Mais sous cette apparence délicate se cache une femme de tempérament qui saura gérer le domaine avec fermeté quand son mari partira en croisade. C'est une femme sure d'elle qui se montre critique vis-à-vis du pouvoir d'Esclarmonde : « Tous ces idiots à genoux sont d'une naïveté affligeante et je trouve indigne cette façon dont tu les utilises. » (p. 80) Leurs « destinées sont sœurs » (p. 99) : sans mari, elles connaissent la liberté et le pouvoir de ne plus dépendre d'un homme et d'élever seules leurs enfants.

Bérengère fut trouvée à 2 ans et a longtemps tourné « le dos au monde des hommes » (p. 102), ne parlant « qu'aux arbres et aux pierres » (*ibid*.). Elle a « la force d'un homme » (*ibid*.) et semble au début « bien austère et sans charme » (p. 96), mais grâce à son incroyable savoir sur les plantes et au regard sensuel de Martin, son amant, elle verra ses courbes glorifiées et connaitra l'amour. Elle incarne le mystère et la liberté de la nature : ses cheveux sont d'ailleurs « aussi verts que des algues » (p. 194).

CLÉS DE LECTURE

D'UN GENRE LITTÉRAIRE À L'AUTRE : FANTASTIQUE, MERVEILLEUX, CONTE ET LÉGENDE

Du domaine des Murmures semble répondre aux genres littéraires du fantastique et du merveilleux, et revient à la source de certains personnages des contes et légendes de Franche-Comté, anciennement nommée comté de Bourgogne.

Du fantastique au merveilleux

L'histoire relatée dans *Du domaine des Murmures* débute à l'époque de la narratrice, qui peut être considérée comme étant contemporaine à celle du lecteur. L'objectif de la narratrice, en balade avec d'autres compagnons, est d'atteindre un château au nom étrange, le château des Murmures : « Il faut connaître le pays pour s'engager dans le chemin qui perce la forêt épaisse depuis le pré de la Dame Verte. [...] Quelques glaives lumineux zèbrent d'or les sous-bois comme les enluminures d'un vieux livre de contes. » (p. 13) Des indices (« la Dame Verte », « contes ») nimbent déjà l'atmosphère d'un voile fantastique.

Ainsi, la promenade anodine à laquelle se livre la narratrice se convertit soudain en un passage vers un autre monde qui l'envoute :

> « La tour seigneuriale se brouille d'une foule de chuchotis, l'écran minéral se fissure, la page s'obscurcit, vertigineuse, s'ouvre sur un au-delà grouillant, et nous acceptons de tomber dans le gouffre pour y puiser les voix liquides des femmes oubliées qui suintent autour de nous. » (p. 15)

Cette ouverture vers un autre univers détourne la narratrice de son temps présent pour écouter Esclarmonde faire le récit de sa vie. Revenue à son époque, à la fin du roman, il semble que la narratrice n'ait conservé aucun souvenir de cette expérience, de son voyage mental dans le Moyen Âge du domaine.

Du domaine des Murmures est ainsi composé de deux récits. Le prologue et le dernier chapitre se situent dans le présent de la narratrice initiale, ce qu'elle relate sert de récit-cadre, enchâssant un second récit, celui situé au Moyen Âge dont la narratrice n'est autre qu'Esclarmonde.

L'introduction et la fin de ce récit-cadre sont toutes deux marquées par une même phrase de la narratrice initiale : « Nous passons l'énorme huis de chêne et de fer, aujourd'hui disparu, et foulons l'herbe haute du parc en friche qui s'étend devant la façade nord du château. » (p. 14, p. 200) Ce qui signifie qu'à la fin du roman, la narratrice initiale se retrouve au premier instant de son arrivée dans le parc du château (p. 14), comme si elle ne souvenait pas du récit qui lui avait été fait entretemps ou comme s'il n'avait pas eu lieu. En effet, la description qu'elle donne au dernier chapitre, du château, du parc et de la chapelle est des plus banales.

Apparaissent néanmoins en arrière-plan des signes qui semblent vouloir assurer la véracité de ce qui s'est passé et qui, dès lors, produisent un sentiment d'incertitude chez le lecteur, répondant ainsi au genre du fantastique :

> « Une rêverie qui ridait le front de pierre du château se dissipe comme brume. Un homme vit ici quelquefois [...] On dit qu'il a les mains percées [...] Sur l'un des murs, nous déchiffrons cette inscription presque effacée : "En cet an 1187, Esclarmonde, Damoiselle des Murmures, prend le party de vivre en recluse" [...] Une cloche sonne dans la vallée de la Loue » (p. 200-201).

Le récit enchâssant est donc marqué des caractéristiques fantastiques, tandis que le récit enchâssé de la recluse rend compte de l'univers du merveilleux.

LE GENRE MERVEILLEUX

Ce genre littéraire est marqué par l'intervention de moyens et d'êtres surnaturels dans une œuvre littéraire, auxquels les

Au cours de son récit, Esclarmonde interpelle plusieurs fois celle qu'elle a choisie – la narratrice initiale – pour rompre le silence de sa réclusion et pour transmettre ce témoignage que la mort lui a refusé : « À toi qui peux entendre, je veux parler la première, dire mon siècle, dire mes rêves, dire l'espoir des emmurées » (p. 17) ; « Coule-toi dans mes contes, laisse mon verbe t'entraîner par des sentes et des goulets qu'aucun vivant n'a encore empruntés [...] Écoute ! » (p. 18)

Le récit enchâssé est bien caractérisé par le merveilleux, car les propos de la recluse, qui correspondent à une intervention de moyens surnaturels, ne semblent pas effrayer la narratrice initiale durant ce récit : elle semble y adhérer. Le merveilleux apparait également à travers les miracles que relate Esclarmonde : depuis sa réclusion, la mort ne sévit plus dans la contrée ; certains malades se disent guéris à son contact ;

elle a des visions très précises des croisés, des pé-
ripéties de leur voyage, jusqu'au ressenti de leur
fatigue et des scènes meurtrières des champs de
bataille.

L'évocation de légendes et de contes

Tandis que la légende correspond au récit à
caractère merveilleux dont les faits historiques
ont été transformés par l'imagination populaire
ou l'invention poétique, le conte renvoie au récit
de faits et d'aventures imaginaires auxquels les
personnages (et le lecteur) consentent pleinement. *Du domaine des Murmures* fait allusion
aux contes et légendes attachés à la région où
cette histoire se déroule, le comté de Bourgogne.
Le roman renvoie ainsi aux contes et légendes de
la Dame Verte, de la source bleue et du cheval
Gauvin.

La Dame Verte est évoquée dès la troisième
ligne du prologue du roman. Celle-ci trouve son
incarnation dans le personnage de Bérengère,
la servante de Douce. Elle est décrite toujours
vêtue de jupes vertes, et quand les paysans
la poussent dans la Loue, la perte de sa coiffe
libère « une vague de cheveux aussi verts que

des algues » (p. 194). Ces attributs la rattachent à la figure légendaire de la vouivre (autre nom donné à la Dame Verte) qui a pour habitude de fréquenter les lacs et les lieux humides. L'attrait que Bérengère exerce sur les hommes renvoie également à l'effet de fascination que crée la vouivre chez le voyageur égaré. Cette fascination peut être bénéfique à celui-ci s'il s'agit de l'homme qu'elle désire, ou maléfique si l'homme se montre un peu trop curieux.

Le drame à l'origine de la légende de la source bleue est également convoqué dans le roman à travers l'histoire de Berthe, aimée d'Amey de Montfaucon et mariée à un homme puissant et brutal, Amaury de Joux. En effet, lorsqu'Amaury revient de croisade et surprend l'amour qui existe entre Berthe et Amey, il tue ce dernier et emprisonne Berthe dans une pièce du château avec vue à l'extérieur sur le corps pendu de son amant. La légende dit que Berthe en pleura tellement qu'elle donna à la source située non loin la couleur bleue de ses yeux.

Le cheval d'Amaury de Joux est décrit dans le roman comme « une furieuse bête blanche » (p. 82) et renvoie au légendaire cheval Gauvin. En effet, de retour en son château, Amaury, furieux, fait abaisser la herse sur Benjamin qui vient de lui voler son cheval pour échapper au triste sort d'Amey qu'il accompagnait. Une vision d'apocalypse traverse alors la campagne : « Moitié de cheval et moitié d'homme, mélange de chair et d'ombre, tentant de se maîtriser l'un l'autre et lancés dans une bataille absurde par-delà leur mort » (p. 177), jusqu'à ce que « Gauvin entraîn[e] Benjamin dans les eaux vertes de la Loue. » (*ibid.*) Depuis, la légende franc-comtoise raconte qu'il est dangereux de croiser la nuit le cheval Gauvin de la vallée de la Loue, dans le Jura, car il risque de jeter à l'eau l'imprudent.

Ainsi le récit d'Esclarmonde est-il l'occasion de revenir sur la naissance de certaines légendes de la région. Bien connues aujourd'hui, et fixées dans des recueils, elles ont été transmises oralement depuis le Moyen Âge. Elles sont censées expliquer une curiosité du paysage (source, grotte, faille dans la roche) ou inciter les gens à ne pas s'aventurer seuls. Selon Carole Martinez, le domaine des Murmures, bien avant le temps des recluses, tenait lui-même son nom d'une légende : ces murmures seraient ceux d'une femme, jadis « enterrée vivante dans les fondations du bâtiment, comme une graine » (p. 99). Un emmurement qui fait écho à celui d'Esclarmonde.

LA RELIGION : ENTRE MYSTICISME ET CROISADES

Carole Martinez situe son récit au Moyen Âge, époque où la religion régit la politique, la société et la vie quotidienne. Celle-ci impose une vision manichéenne du monde où le bien et le mal s'opposent continuellement, et où les gens ont « une de ces peurs affreuses, viscérales » (p. 65) de faire condamner leur âme.

Mysticisme

Les femmes n'ont d'autre choix à cette époque que le mariage arrangé ou la réclusion. Ainsi, emplie d'une foi aveugle envers Dieu, Esclarmonde préfère la deuxième solution, convaincue que « Dieu [a] d'autres projets pour [elle] » (p. 27). Ce sacrifice est perçu par les autres comme une façon de « sceller une nouvelle alliance avec Dieu » (p. 29) qui les protègerait des malheurs. Les habitants du domaine sont d'ailleurs convaincus que depuis qu'Esclarmonde est enfermée, la mort les épargne, pensant même que « la Mort trop curieuse s'[est] naïvement laissée empiéger à [ses] côtés » (p. 114).

Très croyante, la société de l'époque redoutait le diable et les punitions de Dieu si elle s'écartait du bon chemin. Ainsi, les saints et les mystiques étaient considérés comme des « élus [qui] retenaient Son bras, rachetaient les pécheurs » (p. 47), et pouvaient intercéder en faveur des mortels, lesquels « tent[aient] même parfois, par [leur] entremise, de négocier un petit miracle avec un Dieu trop lointain » (p. 93). Ce pouvoir était perçu comme tellement grand que même la naissance de l'enfant d'Esclarmonde, dans le roman, est considérée comme un miracle que le bouche-à-oreille répand en amplifiant le caractère merveilleux : on raconte que le nouveau-né peut parler « latin, récit[er] les Évangiles et [a] déjà guéri deux lépreux et trois paralytiques » (p. 74).

Pour Esclarmonde, la religion est un moyen de réaliser un voyage intérieur à travers la souffrance et la méditation. Elle touche alors « l'autre rive » (p. 44), voit « les âmes se débattre dans le feu de la purgation » (*ibid.*), partage « leur géhenne » (*ibid.*) et goute même « le chœur des anges » (*ibid.*).

Esclarmonde rappelle à celle qui reçoit son récit l'existence de ses « sœurs recluses [qui] demeur[ent] dans l'obscurité et le silence jusqu'à leur mort. » (*ibid.*), un phénomène qui s'est beaucoup développé à cette époque.

LE MOUVEMENT DES RECLUSES

Au temps des croisades, entre 1095 et 1270, la population féminine se trouve surreprésentée : beaucoup d'hommes sont partis combattre en Terre sainte. Sans soutien, un grand nombre de femmes désire entrer dans la vie religieuse. Quand la vocation elle-même ne guide pas leur projet, c'est alors la volonté d'échapper à un mariage forcé qui explique, pour une part d'entre elles, le choix de l'emmurement.

Solitaires, ces femmes demeurent pourtant présentes au monde par la prière et répondent aux demandes des pèlerins et de tous ceux qui viennent les solliciter. L'autorité ecclésiastique préfère que ces femmes se retirent en ville, plutôt que dans les bois, à proximité d'une abbaye ou d'une chapelle.

Les croisades

Au Moyen Âge, la religion est aussi synonyme de guerre et de mort, « la Bible [justifiant] le sang répandu » (p. 128). Nombre de jeunes gens partent en croisade pour « arracher le tombeau du Christ des mains de Saladin » [souverain musulman, 1138-1193] (p. 57).

Douce y voit un moyen de rééquilibrer « les humeurs du pays » (p. 78), car les croisades « emportent au loin les jeunes chevaliers, les cadets sans terres et sans femmes, dont les tournois ne parviennent pas à calmer les ardeurs » (*ibid.*), et « éloignent tous ceux qui sèment le trouble dans le comté et n'y respectent pas la Paix de Dieu » (p. 79). La réalité est cependant bien plus cruelle, et nombreux sont ceux qui meurent en chemin, à cause de la chaleur écrasante, de la fatigue, de la faim, de la soif, des maladies et des embuscades.

Les visions d'Esclarmonde rendent compte de ce

qu'ont été les croisades. Elles disent à la fois les succès de cette entreprise (« Les terres et les cités [...] dont le saccage leur avait ouvert les portes du Bosphore [...] galvanisaient les troupes », p. 128), mais aussi ses difficultés et ses dangers (« J'ai vu la déroute de l'armée du Saint Empire [...] et ces grands seigneurs désemparés se disperser en tous sens », p. 130) ; ainsi que ses horreurs (« Tous ces cadavres en marche ployaient sous leur croix », p. 132 ; « Les chevaux avaient été saignés et dévorés en route », p. 133).

La recluse confesse finalement : « Chaque nuit, je replongeais en enfer, vivant ce que vivait mon père. » (p. 142) Aussi l'image de Dieu commence-t-elle à prendre moins d'ampleur dans le cœur d'Esclarmonde, repoussée par ces visions de guerre, et plus tard, par la séparation insupportable d'avec son fils : « Dieu était toujours dans mon cœur, mais il n'y tenait plus qu'une si petite place que j'avais du mal à prier sereinement. » (p. 163)

Peu à peu, Esclarmonde sort de son aveuglement. Elle découvre comment est exploité le sacrifice des emmurées : grâce à celui-ci, les archevêques voient croître leur renommée, et les marchands du temple vendent de fausses reliques aux crédules pèlerins.

L'Église ne semble pas non plus un modèle de conduite à travers la dénonciation que livre Esclarmonde du comportement de certains prêtres « ne pouv[ant] toujours pas se passer [des] caresses » des femmes (p. 87). Même l'archevêque Thierry II se demande, au sujet des saints martyrs dont il aime à retranscrire la vie, « comment Dieu [a] pu supporter d'[…]être l'impassible témoin » (p. 85) des souffrances que ces saints ont endurées pour atteindre la gloire divine.

DES FEMMES DE POUVOIR

Le rôle des femmes et des hommes au Moyen Âge est bien délimité : tandis que les hommes gouvernent et se dédient à la chasse et aux métiers des armes, les femmes doivent se plier aux décisions de leurs pères, maris ou frères. Elles sont ainsi modelées « par les paroles des hommes » (p. 20), sans que personne ne se soucie de leurs désirs, perçus comme de « dangereux caprices à balayer d'un mot, d'un coup de verge » (*ibid.*). Les femmes doivent être dociles et muettes, n'être qu'« un pudique récipient que les grossesses successives finiraient par emporter » (p. 23). Aussi les hommes préfèrent-ils avoir des garçons afin qu'ils perpétuent leur nom, leur mémoire et leur gloire « pour les siècles des siècles » (*ibid.*).

L'Église contribue fortement à cette image négative des femmes, vues comme de viles tentatrices qui viennent tels des « serpents [...] se frotter contre les hommes la nuit » (p. 87), et dont le sexe est la « porte du diable » (p. 88). Dans une société qui prône la virginité et l'abstinence, le cas de Bérengère, qui vit pleinement sa vie sexuelle, suscite tellement le désir des autres que cette dernière s'étonne « du pouvoir qu'elle [a] acquis sur les hommes depuis qu'elle se laiss[e] ainsi pétrir par les grosses mains de Martin » (p. 120).

Esclarmonde, qui a « compris que la belle succombait toujours dans ces contes bleus, que le chevalier gagnait toutes ses batailles » (p. 22), et que les femmes étaient assommées « de règles et de fables pour [les] faire tenir en place » (p. 36), préfère vivre recluse pour gagner « une liberté autrement inconcevable » (p. 24).

De cette façon, elle échappe au pouvoir de son père et de son futur mari. Sa parole est à présent entendue et surtout respectée. C'est elle qui intervient en faveur de Jehanne, sa sœur de lait, pour qu'elle obtienne la liberté de partir avec son amant, et son père l'écoutera quand elle l'enverra en croisade. La réclusion d'Esclarmonde devient néanmoins, elle aussi, une emprise sur sa liberté lorsque, à la naissance de son fils, elle se rend compte de la nécessité de se séparer de celui-ci pour ne pas lui imposer son tombeau. Esclarmonde vit alors un véritable enfer qui l'éloignera définitivement de Dieu et motivera son envie de briser ses vœux pour pouvoir re-joindre Elzéar.

Dans le roman, les femmes ne peuvent jouir d'une pleine liberté que lorsque les hommes prennent la route pour rejoindre les croisades. Ainsi, il semble à Esclarmonde que Douce, Bérengère et elle-même sont à leur aise à la tête du domaine : la première régit le domaine, la deuxième gouverne les hommes en jouant de ses attraits physiques et la dernière se charge d'entretenir la spiritualité des lieux. *Du domaine des Murmures* se présente ainsi comme le récit des « voix liquides des femmes oubliées » (p. 15), leur donnant l'occasion de sortir de l'ombre et de l'oubli.

LA NATURE : MIROIR DES ÉMOTIONS

Si la nature décrite dans le roman s'efforce de protéger les secrets du domaine des Murmures en rendant son accès difficile, et en créant l'atmosphère étrange et irréelle d'un « paysage fantastique » (p. 35), elle apparait également comme le miroir des émotions des personnages.

La nature est en effet en accord avec les souffrances ou les joies des protagonistes. Ainsi, lorsqu'Esclarmonde est amenée à l'autel lors de son mariage, l'orage qui s'annonce illustre les sentiments qu'elle ressent : « Le ciel, gros de nuages, grondait. Il en tombait une lumière presque jaune, les fils de couleurs y gagnaient en étrangeté et le tonnerre roulait dans la vallée, déboulait derrière nous en écho, galopait sous mes côtes. » (p. 25)

De même, les « eaux furieuses de la Loue » (p. 194) traduisent la haine et la peur des paysans, lesquels voient une menace en Martin et Bérengère qui se rendent auprès du pape afin de mettre un terme à l'enfermement d'Esclarmonde.

Mais la nature est également, par petites touches, une source de symboles. Le rosier que Lothaire plante à la fenêtre d'Esclarmonde représente son amour, fleurissant chaque jour un peu plus. De manière plus générale, la nature symbolise la liberté : pour Esclarmonde, elle représente l'extérieur, l'espace qu'elle n'a connu que peu de fois lors de sorties encadrées. Ainsi, la vue d'une fraise sauvage fait pour la première fois pleurer Esclarmonde, nostalgique de ce qu'elle a perdu. La nature symbolise alors également la mère de cette dernière : grâce à la fraise sauvage, elle entre en communion « non avec Dieu, mais avec le spectre parfumé de [s]a mère » (p. 55).

La liberté et la pureté, associées à la nature, s'opposent à la description de la ville, où « les hommes s'entass[ent] » (p. 105) et « vid[ent] les immondices à même la rue » (*ibid.*), « brassant le même air pestilentiel, se hurlant des choses inaudibles, se mélangeant jambes et têtes et bras et voix » (*ibid.*) comme « une fourmilière sombre et grouillante » (*ibid.*).

Avec *Du domaine des Murmures*, Carole Martinez plonge le lecteur dans un univers de légendes, à la fois merveilleux et fantastique. Tandis que les hommes du XIIe siècle voulaient la condamner au silence, Esclarmonde parvient à révéler son histoire à la narratrice du XXIe siècle : elle lui parle alors de sa réclusion, de son rôle de sainte, de l'horreur des croisades, de la découverte de sentiments amoureux éprouvés pour elle, et surtout de son amour maternel qui précipite sa mort. Cette volonté de transmission ne témoigne-t-elle pas d'un espoir secret ? Que son récit touche aujourd'hui l'un de ses descendants, peut-être celui qui vit parfois au domaine et dont « on dit qu'il a les mains percées » (p. 200) ?

PISTES DE RÉFLEXION

QUELQUES QUESTIONS POUR APPROFONDIR SA RÉFLEXION...

- Qu'est-ce qui conduit Esclarmonde à perdre la foi et à renoncer à son enfermement volontaire à vie ?
- Pourquoi peut-on dire que, bien que recluse, Esclarmonde souffle sa volonté jusqu'à Jérusalem, et que l'extérieur emplit la cellule ?
- En quoi Esclarmonde, Douce et Bérengère bousculent-elles la condition féminine de leur temps ?
- Quelle influence la maternité a-t-elle sur ces femmes ?
- En argumentant votre réponse, expliquez la (ou les) image(s) évoquée(s) dans le roman, de la religion, des pèlerins et des croisades.
- Quel est le rôle réservé à la nature (la forêt, la Loue, etc.) ?
- Quelle importance les croyances et les superstitions ont-elles dans cette histoire ?
- Dégagez les procédés de narration : es-

pace-temps du récit et prises de parole des narratrices.

- L'histoire se déroule au XIIe siècle. En quoi un lecteur d'aujourd'hui peut-il se reconnaitre dans les personnages ou s'en différencier ?
- Recherchez dans la littérature des héroïnes ayant fui leur statut privilégié pour une condition plus modeste. Comparez ces exemples avec celui d'Esclarmonde.

Votre avis nous intéresse !
Laissez un commentaire sur le site de votre librairie en ligne
et partagez vos coups de cœur sur les réseaux sociaux !

POUR ALLER PLUS LOIN

ÉDITION DE RÉFÉRENCE

- Martinez C., *Du domaine des Murmures*, Paris, Gallimard, 2011.

ÉTUDES DE RÉFÉRENCE

- *Dictionnaire de littérature française*, t. I, Paris, Larousse, 1967.

- Lagarde A. et Michard L., *Moyen Âge*, Paris, Bordas, 1970.

- Seignolle C., *Contes, récits et légendes des pays de France*, Paris, Omnibus, 1997.

ADAPTATION

- *Du domaine des Murmures*, pièce de théâtre mise en scène par José Pliya, avec Valentine Krasnochok, Théâtre de Poche-Montparnasse à Paris, 2015.

DUMAS
- Les Trois
  Mousquetaires

ÉNARD
- Parlez-leur
  de batailles,
  de rois et
  d'éléphants

FERRARI
- Le Sermon sur la
  chute de Rome

FLAUBERT
- Madame Bovary

FRANK
- Journal
  d'Anne Frank

FRED VARGAS
- Pars vite et
  reviens tard

GARY
- La Vie devant soi

GAUDÉ
- La Mort du
  roi Tsongor
- Le Soleil des
  Scorta

GAUTIER
- La Morte
  amoureuse
- Le Capitaine
  Fracasse

GAVALDA
- 35 kilos d'espoir

GIDE
- Les
  Faux-Monnayeurs

GIONO
- Le Grand
  Troupeau
- Le Hussard
  sur le toit

GIRAUDOUX
- La guerre de
  Troie
  n'aura pas lieu

GOLDING
- Sa Majesté des
  Mouches

GRIMBERT
- Un secret

HEMINGWAY
- Le Vieil Homme
  et la Mer

HESSEL
- Indignez-vous !

HOMÈRE
- L'Odyssée

HUGO
- Le Dernier Jour
  d'un condamné
- Les Misérables
- Notre-Dame
  de Paris

HUXLEY
- Le Meilleur
  des mondes

IONESCO
- Rhinocéros
- La Cantatrice
  chauve

JARY
- Ubu roi

JENNI
- L'Art français
  de la guerre

JOFFO
- Un sac de billes

KAFKA
- La Métamorphose

KEROUAC
- Sur la route

KESSEL
- Le Lion

LARSSON
- Millenium 1. Les
  hommes qui
  n'aimaient pas
  les femmes

LE CLÉZIO
- Mondo

LEVI
- Si c'est un
  homme

LEVY
- Et si c'était vrai…

MAALOUF
- Léon l'Africain

MALRAUX
• La Condition
  humaine

MARIVAUX
• La Double
  Inconstance
• Le Jeu de l'amour
  et du hasard

MARTINEZ
• Du domaine
  des murmures

MAUPASSANT
• Boule de suif
• Le Horla
• Une vie

MAURIAC
• Le Nœud
  de vipères

MAURIAC
• Le Sagouin

MÉRIMÉE
• Tamango
• Colomba

MERLE
• La mort est
  mon métier

MOLIÈRE
• Le Misanthrope
• L'Avare
• Le Bourgeois
  gentilhomme

MONTAIGNE
• Essais

MORPURGO
• Le Roi Arthur

MUSSET
• Lorenzaccio

MUSSO
• Que serais-je
  sans toi ?

NOTHOMB
• Stupeur et
  Tremblements

ORWELL
• La Ferme
  des animaux
• 1984

PAGNOL
• La Gloire de
  mon père

PANCOL
• Les Yeux jaunes
  des crocodiles

PASCAL
• Pensées

PENNAC
• Au bonheur
  des ogres

POE
• La Chute de la
  maison Usher

PROUST
• Du côté de
  chez Swann

QUENEAU
• Zazie dans
  le métro

QUIGNARD
• Tous les matins
  du monde

RABELAIS
• Gargantua

RACINE
• Andromaque
• Britannicus
• Phèdre

ROUSSEAU
• Confessions

ROSTAND
• Cyrano de
  Bergerac

ROWLING
• Harry Potter à
  l'école des sor-
  ciers

SAINT-EXUPÉRY
• Le Petit Prince
• Vol de nuit

SARTRE
• Huis clos
• La Nausée
• Les Mouches

SCHLINK
• Le Liseur

SCHMITT
- La Part de l'autre
- Oscar et la
  Dame rose

SEPULVEDA
- Le Vieux qui
  lisait des romans
  d'amour

SHAKESPEARE
- Roméo et Juliette

SIMENON
- Le Chien jaune

STEEMAN
- L'Assassin
  habite au 21

STEINBECK
- Des souris et
  des hommes

STENDHAL
- Le Rouge et
  le Noir

STEVENSON
- L'Île au trésor

SÜSKIND
- Le Parfum

TOLSTOÏ
- Anna Karénine

TOURNIER
- Vendredi ou
  la Vie sauvage

TOUSSAINT
- Fuir

UHLMAN
- L'Ami retrouvé

VERNE
- Le Tour
  du monde
  en 80 jours
- Vingt mille
  lieues sous
  les mers
- Voyage au
  centre de
  la terre

VIAN
- L'Écume des jours

VOLTAIRE
- Candide

WELLS
- La Guerre des
  mondes

YOURCENAR
- Mémoires
  d'Hadrien

ZOLA
- Au bonheur
  des dames
- L'Assommoir
- Germinal

ZWEIG
- Le Joueur
  d'échecs

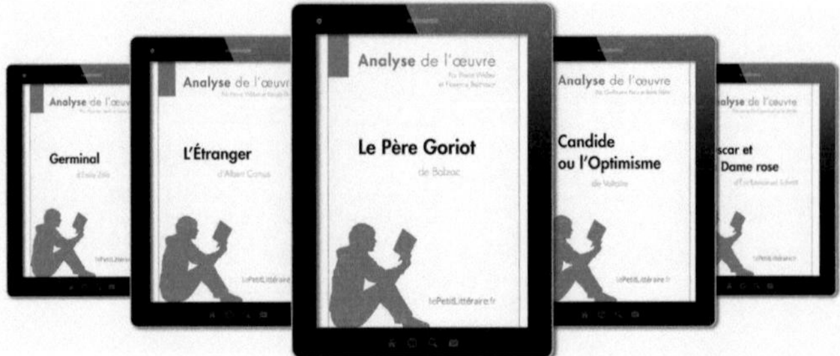

L'éditeur veille à la fiabilité des informations publiées, lesquelles ne pourraient toutefois engager sa responsabilité.

© LePetitLittéraire.fr, 2017. Tous droits réservés.

www.lepetitlitteraire.fr

ISBN version numérique : 978-2-8062-3733-0
ISBN version papier : 978-2-8062-3759-0
Dépôt légal : D/2017/12603/912

Avec la collaboration de Paola Livinal pour l'encadré « Le mouvement des recluses » et le chapitre « D'un genre littéraire à l'autre : fantastique, merveilleux, conte et légende ».

Conception numérique : Primento,
le partenaire numérique des éditeurs.

Ce titre a été réalisé avec le soutien de la Fédération Wallonie-Bruxelles, Service général des Lettres et du Livre.